VICTOR SÉGALEN

STÈLES

AVEC UN PORTRAIT DE L'AUTEUR

LES ÉDITIONS

Imp. E. DURAND, 18, rue Séguier, Paris

STÈLES

DE VICTOR SEGALEN

LES IMMÉMORIAUX. (Éditions G. Crès et Cie, 1921.)

STÈLES. (Éditions G. Crès et Cie, 1914.)
PEINTURES. (Éditions G. Crès et Cie, 1916.)

ORPHÉE-ROI. (Éditions G. Crès et Cie, 1921.)
(Collection *Le Théâtre d'Art*.)

RENÉ LEYS. (Éditions G. Crès et Cie, 1922.)

古今碑錄

VICTOR SEGALEN

STÈLES

AVEC UN PORTRAIT DE L'AUTEUR

LES ÉDITIONS G. CRÈS & Cie
PARIS

Il a été tiré de cet ouvrage
6 ex. sur Hollande, 25 ex. sur
pur fil Lafuma, et 1.000 ex.
sur bouffant Alfa numérotés.

CES STÈLES
SONT DÉDIÉES EN HOMMAGE
A
PAUL CLAUDEL

V. S.

古令碑錄

STÈLES

Elles sont des monuments restreints à une table de pierre, haut dressée, portant une inscription. Elles incrustent dans le ciel de Chine leurs fronts plats. On les heurte à l'improviste : aux bords des routes, dans les cours des temples, devant les tombeaux. Marquant un fait, une volonté, une présence, elles forcent à l'arrêt debout, face à leurs faces. Dans le vacillement délabré de l'Empire, elles seules impliquent la stabilité.

Epigraphe et pierre taillée, voilà toute la stèle, corps et âme, être au complet. Ce qui soutient et ce qui surmonte n'est que pur ornement et parfois oripeau.

Le socle se réduit à un plateau ou à une pyramide trapue. Le plus souvent c'est une tortue géante, cou tendu, menton méchant, pattes arquées, recueillies sous le poids. Et l'animal est vraiment emblématique ; son geste ferme et son port élogieux. On admire sa longévité : allant sans hâte, il mène son existence par delà mille années. N'omettons point ce pouvoir qu'il a de prédire par son écaille, dont la voûte, image de la carapace du firmament, en reproduit toutes les mutations : frottée d'encre et séchée au feu, on y discerne, clairs comme au ciel du jour, les paysages sereins ou orageux des ciels à venir.

Le socle pyramidal est aussi noble. Il représente la superposition magnifique des éléments : flots griffus, à la base ; puis des rangées de monts lancéolés ; puis le lieu des nuages et sur tout, l'espace où le dragon brille, la demeure des Sages Souverains. — C'est de là que la stèle se hausse.

Quant au faîte, il est composé d'une double torsade de monstres tressant leurs efforts, bombant leurs enchevêtrements au front impassible de la table. Ils laissent un cartouche où s'inscrit la dévolution. Et parfois dans les Stèles classiques, sous les ventres écailleux, au milieu du fourmillement des pattes, des tronçons de queues, des griffes et des épines : un trou rond, aux bords émoussés, qui transperce la pierre et par où l'œil azuré du ciel lointain vient viser l'arrivant.

★

Sous les Han, voici deux mille années, pour inhumer un cercueil, on dressait à chaque bout de la fosse de larges pièces de bois. Percées en plein milieu d'un trou rond, aux bords émoussés, elles supportaient les pivots du treuil d'où pendait le mort dans sa lourde caisse peinte. Si le mort était pauvre et l'apparat léger, deux cordes glissant dans l'ouverture faisaient simplement le travail. Pour le cercueil de l'Empereur ou d'un prince, le poids et les convenances exigeaient un treuil double et par conséquent quatre appuis.

Or, ces appuis de bois percés d'un œil se désignaient dès lors sous le même nom de « Stèles *». On les décorait d'inscriptions qui disaient les vertus et les charges du défunt. Plus tard ils s'affranchirent de leur emploi seulement funèbre : ils en vinrent à tout porter, et non plus un cadavre ; — mais des victoires, des édits, des résolutions pieuses, un éloge* *de dévouement, d'amour ou d'amitié délicate. — La marque du treuil est restée.*

★

Mille années avant les Han, sous les Tcheou, maîtres des Rites, on usait déjà du mot « Stèle » *mais pour un attribut différent, et celui-là sans doute original. Il signifiait un poteau de pierre, de forme non quelconque mais oubliée. Ce poteau se levait dans la grand'salle des temples, ou en plein air sur un parvis important. Sa fonction :*

« Au jour du sacrifice, *dit le Mémorial des Rites,* le Prince traîne la victime. Quand le cortège a franchi la porte, le Prince attache la victime à la Stèle. » *(Afin qu'elle attende paisiblement le coup.)*

C'était donc un arrêt, le premier dans la cérémonie. Toute la foule en marche venait buter là. Tous les pas encore s'arrêtent aujourd'hui devant la Stèle seule immobile du cortège incessant que mènent les palais aux toits nomades.

Le Commentaire ajoute : « Chaque temple avait sa stèle. Au moyen de l'ombre qu'elle jetait, on mesurait le moment du soleil. »

Il en est toujours de même. Aucune des fonctions ancestrales n'est perdue : comme l'œil de la stèle de bois, la stèle de pierre garde l'usage du poteau sacrificatoire et mesure encore un moment ; mais non plus un moment du soleil du jour projetant son doigt d'ombre. La lumière qui le marque ne tombe point du Cruel Satellite et ne tourne pas avec lui. C'est un jour de connaissance au fond de soi : l'astre est intime et l'instant perpétuel.

★

Le style en doit être ceci qu'on ne peut pas dire un langage car ceci n'a point d'échos parmi les autres langages et ne saurait pas servir aux échanges quotidiens : Le Wên. Jeu symbolique dont chacun des éléments, capable d'être tout, n'emprunte sa fonction qu'au lieu présent qu'il occupe ; sa valeur à ce fait qu'il est ici et non point là. Enchaînés par des lois claires comme la pensée ancienne et simples comme les nombres musicaux, les Caractères pendent les uns aux autres, s'agrippent et s'en-

grènent dans un réseau irréversible, réfractaire même à celui qui l'a tissé. Sitôt incrustés dans la table, — qu'ils pénètrent d'intelligence, — les voici, dépouillant les formes de la mouvante intelligence humaine, devenus pensée de la pierre dont ils prennent le grain. De là cette composition dure, cette densité, cet équilibre interne et ces angles, qualités nécessaires comme les espèces géométriques au cristal. De là ce défi à qui leur fera dire ce qu'ils gardent. Ils dédaignent d'être lus. Ils ne réclament point la voix ou la musique. Ils méprisent les tons changeants et les syllabes qui les affublent au hasard des provinces. Ils n'expriment pas ; ils signifient ; ils sont.

★

Leur graphie ne peut qu'être belle. Si près des formes originales, (un homme sous le toit du ciel, — une flèche lancée contre le ciel, — le cheval, crinière au vent, crispé sur ses pattes, — les trois pics d'un mont ; le cœur, et ses oreillettes, et l'aorte,) les Caractères n'acceptent ni l'ignorance ni la maladresse. Pourtant, visions des êtres à travers l'œil humain, coulant par les muscles, les doigts, et tous ces nerveux instruments humains, ils en reçoivent un déformé par où pénètre l'art dans leur science. — Aujourd'hui corrects, sans plus, il étaient pleins de distinction à l'époque Yong-tcheng ; étirés en long sous les Ming, telles les gousses de l'ail élégant ; classiques sous les Thang, larges et robustes sous les Han ; ils remontent combien plus haut, jusqu'aux symboles nus courbés à la courbe des choses. Mais c'est aux Han que s'arrête l'ascendance de la Stèle.

Car la table aveugle des caractères à l'inexistence ou l'horreur d'un visage sans traits. Ni ces tambours gravés ni ces poteaux informes ne sont dignes du nom de Stèle; moins encore l'inscription de fortune qui, privée de socle et d'espace et d'air quadrangulaire à l'entour n'est plus qu'un jeu de promeneur fixant une historiette : bataille gagnée, maîtresse livrée, et toute la littérature.

★

La direction n'est pas indécise. Face au Midi si la Stèle porte les décrets; l'hommage du Souverain à un Sage ; l'éloge d'une doctrine ; un hymne de règne; une confession de l'Empereur à son peuple; tout ce que le Fils du Ciel siégeant face au Midi a vertu de promulguer.

Par déférence, on plantera droit au Nord, pôle du noir vertueux, les Stèles amicales. On orientera les amoureuses, afin que l'aube enjolive leurs plus doux traits et adoucisse les méchants. On lèvera vers l'Ouest ensanglanté, palais du rouge, les guerrières et les héroïques. D'autres, Stèles du bord du chemin, suivront le geste indifférent de la route. Les unes et les autres s'offrent sans réserve aux passants, aux muletiers, aux conducteurs de chars, aux eunuques, aux détrousseurs, aux moines mendiants, aux gens de poussière, aux marchands. Elles tournent vers ceux-là leurs faces illuminées de signes; et ceux-là, pliés sous la charge ou affamés de riz et de piment, passent en les comptant parmi les bornes. Ainsi, accessibles à tous, elles réservent le meilleur à quelques uns.

Certaines, qui ne regardent ni le Sud ni le Nord, ni l'Est ni l'Occident, ni aucun des points interlopes, désignent le lieu par excellence, le milieu. Comme les dalles renversées ou les voûtes gravées dans la face invisible, elles proposent leurs signes à la terre qu'elles pressent d'un sceau. Ce sont les décrets d'un autre empire, et singulier. On les subit ou on les récuse, sans commentaires ni gloses inutiles, — d'ailleurs sans confronter jamais le texte véritable : seulement les empreintes qu'on lui dérobe.

南面

STÈLES FACE AU MIDI

SANS MARQUE DE RÈGNE

Honorer les Sages reconnus ; dénombrer les Justes ; redire à toutes les faces que celui-là vécut, et fut noble et sa contenance vertueuse,

Cela est bien. Cela n'est pas de mon souci : tant de bouches en dissertent ! Tant de pinceaux élégants s'appliquent à calquer formules et formes,

Que les tables mémoriales se jumellent comme les tours de veille au long de la voie d'Empire, de cinq mille en cinq mille pas.

O

Attentif à ce qui n'a pas été dit ; soumis par ce qui n'est point promulgué ; prosterné vers ce qui ne fut pas encore,

Je consacre ma joie et ma vie et ma piété à dénoncer des règnes sans années, des dynasties sans avènements, des noms sans personnes, des personnes sans noms,

Tout ce que le Souverain-Ciel englobe et que l'homme ne réalise pas.

O

Que ceci donc ne soit point marqué d'un règne ; — ni des Hsia fondateurs ; ni des Tcheou législateurs ; ni des Han, ni des Thang, ni des Soung, ni des Yuan, ni des Grands Ming, ni des Tshing, les Purs, que je sers avec ferveur,

Ni du dernier des Tshing dont la gloire nomma la période Kouang-Siu, —

O

Mais de cette ère unique, sans date et sans fin, aux caractères indicibles, que tout homme instaure en lui-même et salue,

A l'aube où il devient Sage et Régent du trône de son cœur.

LES TROIS HYMNES PRIMITIFS

Les trois hymnes primitifs que les trois Régents avaient nommés : Les Lacs, L'Abîme, Nuées, sont effacés de toutes les mémoires.

Qu'ils soient ainsi recomposés :

LES LACS

Les lacs, dans leurs paumes rondes noient le
visage du Ciel :

J'ai tourné la sphère pour observer le Ciel.

Les lacs, frappés d'échos fraternels en nombre
douze :

J'ai fondu les douze cloches qui fixent les tons
musicaux.

O

Lac mouvant, firmament liquide à l'envers, cloche musicale,

Que l'homme recevant mes mesures retentisse à son tour sous le puissant Souverain-Ciel.

Pour cela j'ai nommé l'hymne de mon règne : Les Lacs.

L'ABÎME

Face à face avec la profondeur, l'homme, front penché, se recueille.

Que voit-il au fond du trou caverneux ? La nuit sous la terre, l'Empire d'ombre.

O

Moi, courbé sur moi-même et dévisageant mon abîme, — ô moi ! — je frissonne,

Je me sens tomber, je m'éveille et ne veux plus voir que la nuit.

NUÉES

Ce sont les pensées visibles du haut et pur Seigneur-Ciel. Les unes compatissantes, pleines de pluie.

Les autres roulant leurs soucis, leurs justices et leurs courroux sombres.

O

Que l'homme recevant mes largesses ou courbé sous mes coups connaisse à travers moi le Fils les desseins du Ciel ancestral.

Pour cela j'ai nommé l'hymne de mon règne : Nuées.

SUR UN HÔTE DOUTEUX

Ses disciples chantent : Il revient le Sauveur des hommes : Il vêt un autre habit de chair. L'étoile, tombée du plus haut ciel a fécondé la Vierge choisie. Et il va renaître parmi nous.

Temps bénis où la douleur recule ! Temps de gloire où la Roue de la Loi courant sur l'Empire conquis va traîner tous les êtres hors du monde illusoire.

O

L'Empereur dit : qu'il revienne, et je le recevrai, et je l'accueillerai comme un hôte.

Comme un hôte petit, qu'on gratifie d'une petite audience, — pour la coutume, — et d'un repas et d'un habit et d'une perruque afin d'orner sa tête rase.

Comme un hôte douteux que l'on surveille ; que l'on reconduit bien vite là d'où il vient, pour qu'il ne soudoie personne.

O

Car l'Empire, qui est le monde sous le Ciel, n'est pas fait d'illusoire : le bonheur est le prix, seul, du bon gouvernement.

Que fut-il, celui qu'on annonce, le Bouddha, le Seigneur Fô ? Pas même un lettré poli,

Mais un barbare qui connut mal ses devoirs de sujet et devint le plus mauvais des fils.

ÉLOGE D'UNE VIERGE OCCIDENTALE

La raison ne s'offense pas : certainement une vierge occidentale a conçu, voici deux mille années, puisque deux mille ans avant elle, Kiang-yuan, fille sans défaut, devint mère parmi nous : ayant marché sur l'empreinte du Souverain Roi du Ciel.

Et enfanta aussi légèrement que la brebis son agneau, sans rupture ni grands efforts. Même le nouveau-né se trouva recueilli par un oiseau qui d'une aile faisait sa couche et de l'autre l'éventait.

Ceci est croyable. Le philosophe dit : Tout être extraordinaire naît d'une sorte extraordinaire : la Licorne autrement que chien et bouc ; le Dragon non pas comme lézard. — M'étonnerai-je si la naissance des hommes extraordinaires n'est pas celle des autres hommes ?

La raison ne s'offense pas. Certainement une vierge occidentale a conçu.

RELIGION LUMINEUSE

L'Empereur, — père de toutes les croyances, et estimant en chacune d'entre elles la Raison qui est une, — veut que ceci, prêt à s'effacer par négligence, soit reporté sur une table neuve et marqué du sceau de son règne :

L'Être admirable, n'est-ce pas l'Unité-Trine, le Seigneur sans origine, Oloho ? Il a divisé en croix les parties du monde ; décomposé l'air primordial ; suscité le Ciel et la terre ; lancé le soleil et la lune ; créé le premier homme dans une parfaite harmonie.

Mais Sa-Than répandit le mensonge, proclama l'égalité des grandeurs et mit la créature dans le lieu de l'Éternel. L'homme perdit la voie et ne put la retrouver.

Viennent ensuite des promesses : une incarnation ; un supplice ; une mort ; une résurrection. Or cela n'est pas bon à faire trop savoir aux hommes.

Que nul n'ose donc ajouter de commentaires ici. Que nul ne cherche un enseignement ici. Afin que sans fruits ni disciples la Croyance Lumineuse meure en paix, obscurément.

EN L'HONNEUR D'UN SAGE SOLITAIRE

Moi l'Empereur je suis venu. Je salue le Sage qui, soixante dix années, a retourné et labouré nos Mutations anciennes et levé des savoirs nouveaux.

J'attends du Vieux Père la leçon : et d'abord, s'il a trouvé la Panacée des Immortels ? Comment on prend place au milieu des Génies ?

O

Le Sage dit : Faire monter au Ciel le Prince que voici serait un malheur pour l'empire terrestre.

O

Moi l'Empereur interroge le Solitaire : a-t-il reçu dans sa caverne la visite des trente six mille Esprits ou seulement de quelques uns de ces Très-Hauts ?

O

Moi le Solitaire n'aime pas les visiteurs importuns.

O

Moi l'Empereur implore enfin du Sage le pouvoir d'être utile aux hommes : quelque chose pour le bien des hommes !

O

Le Sage dit : Étant sage, je ne me suis jamais occupé des hommes.

LES GENS DE MANI

Quant à ceux-ci, ils servent non pas un principe unique, mais DEUX : ce sont les gens de Mani.

Ils récusent le mariage, abusant de ce qui n'est point mariage : ils accomplissent sans dire mot, comme la tortue et le serpent.

Ils méprisent les médecines et se régalent de poisons médicaux. Maudissant la viande avant de la manger, leurs amis avant de les aimer, l'un des principes avant de l'adorer,

Ils songent tout le plein jour et veillent toutes les ténèbres... Ceci ne vaudrait pas un exergue, à peine d'être dit,

S'ils n'usaient entre eux d'un parfum magique : vous les reconnaîtrez à leur odeur.

VISION PIEUSE

Le peuple dit avoir vu de ses yeux sans nombre, ici-même : le Prêtre-Lama, gros de sainteté, prenant son couteau et d'un seul trait s'ouvrant du nombril au cœur.

Puis il exhiba ses entrailles, dévida les boucles, défit les nœuds et cependant donnait des réponses claires sur les fortunes et les sorts.

Puis il empoigna les agiles serpents humides. Soufflant sur ses mains, poussant un cri de porc, il se frotta le ventre de nouveau nu, sans couture, et que des gens vénéraient aussitôt.

Le peuple a vu, de ses yeux indiscutables.
Sans plus examiner, Nous avons fait graver ceci.

(Le graveur ne fut pas témoin. La pierre ne fut pas responsable. Nous ne sommes pas répondant.)

AUX DIX-MILLE ANNÉES

Ces barbares, écartant le bois, et la brique et la terre, bâtissent dans le roc afin de bâtir éternel !

Ils vénèrent des tombeaux dont la gloire est d'exister encore ; des ponts renommés d'être vieux et des temples de pierre trop dure dont pas une assise ne joue.

Ils vantent que leur ciment durcit avec les soleils ; les lunes meurent en polissant leurs dalles ; rien ne disjoint la durée dont ils s'affublent ces ignorants, ces barbares !

O

Vous ! fils de Han, dont la sagesse atteint dix-mille années et dix-mille dix-milliers d'années, gardez-vous de cette méprise.

Rien d'immobile n'échappe aux dents affamées des âges. La durée n'est point le sort du solide. L'immuable n'habite pas vos murs, mais en vous, hommes lents, hommes continuels.

Si le temps ne s'attaque à l'œuvre, c'est l'ouvrier qu'il mord. Qu'on le rassasie : ces troncs pleins de sève, ces couleurs vivantes, ces ors que la pluie lave et que le soleil éteint.

Fondez sur le sable. Mouillez copieusement votre argile. Montez les bois pour le sacrifice : bientôt le sable cèdera, l'argile gonflera, le double toit criblera le sol de ses écailles :

Toute l'offrande est agréée !

O

Or, si vous devez subir la pierre insolente et le bronze orgueilleux, que la pierre et que le bronze subissent les contours du bois périssable et simulent son effort caduc :

Point de révolte : honorons les âges dans leurs chutes successives et le temps dans sa voracité.

ORDRE DE MARCHE

Plus de stupeur ! Croyez-vous ces palais immobiles ? Lourds à l'égal des bâtis occidentaux ? Assez longtemps ils ont accueilli notre venue : qu'ils s'en viennent à nous, à leur tour.

Debout, l'arche triomphale et sa bannière en horizon et sa devise : Porche oscillant des nues. Des porteurs pour ses hampes droites ; des porteurs aux hampes obliques. Qu'ils gonflent l'épaule, piétinant.

Derrière, le pont en échine de bête arquée : d'un saut il franchira l'eau de jade fuyant sous lui. Qu'on l'attelle à la voie du milieu déroulant son trait impérial.

A gauche et à droite, dans un mouvement balancé, riche d'équilibre, marchent la

Tour de la Cloche et la Tour du Tambour aux puissants cœurs sonores de bois et d'airain sur leurs huit pieds éléphantins.

Viennent ensuite les gardes lourdes des tripodes ; et s'ébranlent enfin les poteaux du Palais au toit double ondulant comme un dais, soufflant de haut en bas.

Pour le démarrer, lâchez les cavaleries d'arêtes, les hordes montées aux coins cornus. Et déroulez les nues des balustres, les flammes des piliers. Laissez tourbillonner les feux, vibrer les écailles, se hérisser les crocs et les sourcils du Dragon.

Le beau cortège étalé par tant de règnes implore qui lui rendra sa vertu d'en-allée. Il ne pèse plus : Il attend.

Qu'il se déploie!

O

Seules immobiles contre le défilé, voici les Pierres mémoriales que nul ordre de marche ne peut toucher ni ébranler.

Elles demeurent.

NOMINATIONS

Chaque officier, civil ou militaire, détient son titre dans l'Empire. De soi-même le nom se glorifie ; le grade et la faveur grandissent : obtenir un emploi du Prince n'est-ce pas là le plus noble but ?

Je veux investir mes êtres familiers. Qu'ils n'envient plus rien désormais aux sages, aux Saints, aux conseillers et aux généraux qui ne fuient pas devant l'ennemi, — car je décide :

Ce laurier fidèle et fleuri sera mon satellite ; ce pin qui m'observe et reste droit est fait juge de seconde classe ; mon puits devient Grand Astrologue puisqu'il voit le Ciel profond en plein jour.

Reconnaissons que dans la basse-cour, ce volatile est Maître des Cérémonies : n'a-t-il point, de par la naissance, la noble démarche du canard ?

O

Ainsi, recevez de moi vos apanages, ô mes êtres familiers, et en raison de vos qualités justes. Tel par le Fils du Ciel le Mont T'aï pour sa hauteur et son poids déclaré Duc et gardien de l'Empire.

DÉPART

Ici, l'Empire au centre du monde. La terre ouverte au labeur des vivants. Le continent milieu des Quatre-mers. La vie enclose, propice au juste, au bonheur, à la conformité.

Où les hommes se lèvent, se courbent, se saluent à la mesure de leurs rangs. Où les frères connaissent leurs catégories : et tout s'ordonne sous l'influx clarificateur du Ciel.

O

Là, l'Occident miraculeux, plein de montagnes au-dessus des nuages ; avec ses palais volants, ses temples légers, ses tours que le vent promène.

Tout est prodige et tout inattendu : le confus s'agite : la Reine aux désirs changeants tient sa cour. Nul être de raison jamais ne s'y aventure.

O

Son âme, c'est vers Là que, par magie, Mou-wang l'a projetée en rêve. C'est vers là qu'il veut porter ses pas.

Avant que de quitter l'Empire pour rejoindre son âme, il en a fixé, d'Ici, le départ.

HOMMAGE A LA RAISON

J'enviais la Raison des hommes, qu'ils proclament peu faillible, et pour en mesurer le bout, j'ai proposé : Le Dragon a tous les pouvoirs ; en même temps il est long et court, deux et un, absent et ici, — et j'attendais un grand rire parmi les hommes, — mais,

Ils ont cru.

J'ai proclamé ensuite par Édit : que le Ciel inconnaissable avait crevé jadis comme une fleur étoilée, lançant au fond du Grand Vide ses pollens d'étés, de lunes, de soleils et de moments,

Ils ont fait un calendrier.

J'ai décidé que tous les hommes sont d'un prix équivalent et d'une ardeur égale, — inestimables, — et qu'il vaut mieux tuer le meilleur de ses chameaux de bât que le chamelier boîteux qui se traîne. J'espérais un dénégateur, — mais,

Ils ont dit oui.

J'ai fait alors afficher par tout l'Empire que celui-ci n'existait plus, et que le peuple, désormais Souverain, avait à se paître lui-même, les marques de gloire, abolies, reprenant au chiffre un :

Ils sont repartis de zéro.

O

Alors, rendant grâces à leur confiance, et service à leur crédulité, j'ai promulgué : Honorez les hommes dans l'homme et le reste en sa diversité.

Et c'est alors qu'ils m'ont qualifié de rêveur, de traître, de régent dépossédé par le Ciel de sa vertu et de son trône.

ÉDIT FUNÉRAIRE

Moi l'Empereur ordonne ma sépulture : cette montagne hospitalière, le champ qu'elle entoure est heureux. Le vent et l'eau dans les veines de la terre et les plaines du vent sont propices ici. Ce tombeau agréable sera le mien.

O

Barrez donc la vallée entière d'une arche quintuple : tout ce qui passe est ennobli.

Étendez la longue allée honorifique : — des bêtes; des monstres; des hommes.

Levez là-bas le haut fort crénelé. Percez le trou solide au plein du mont.

Ma demeure est forte. J'y pénètre. M'y voici. Et refermez la porte, et maçonnez l'espace devant elle. Murez le chemin aux vivants.

O

Je suis sans désir de retour, sans regrets, sans hâte et sans haleine. Je n'étouffe pas. Je ne gémis point. Je règne avec douceur et mon palais noir est plaisant.

Certes la mort est plaisante et noble et douce. La mort est fort habitable. J'habite dans la mort et m'y complais.

O

Cependant, laissez vivre, là, ce petit village paysan. Je veux humer la fumée qu'ils allument dans le soir.

Et j'écouterai des paroles.

DÉCRET

Ceci n'est point du temps qui se mesure. Acclamons la vertu du passé, le portant comme une chaîne : mais qui soit d'or.

Ceci n'est pas geste qu'on incruste. Acceptons les hauts faits accomplis : mais saluons l'avènement libre des autres qui viendront peut-être.

Cette femme exhale les dix genres de beautés; chaque maintien d'elle appelle un trait fameux, l'ombre délicate d'une héroïne :

Mais donnons un poëme à celle « On ne peut dire qui elle est » ni pourquoi elle est belle ; et parmi les Noms Dynastiques, enclavant le vide d'un qui n'eut pas d'aube et n'aura pas de deuil :

Honorez du titre souverain l'Empereur qui aurait pu l'être, et qui ne daigne point promulguer d'autre édit.

北面

STÈLES FACE AU NORD

EMPREINTE

Choun, Empereur, donnant investiture aux cinq classes de princes, leur confiait les tablettes de jade,

De contours stricts et d'ornements divers : deux colonnes, — un homme au corps droit, — un homme courbé, — des épis, — des joncs.

Mais il en gardait les empreintes. Parfois juxtaposant l'une à l'autre et pressant de sa main, il vérifiait l'authentique investiture.

O

Celui que j'ai fait Noble de mon amitié, Prince du sang de mon cœur fraternel et Censeur à mon secret empire,

Celui-là, n'a-t-il pas reçu le jade : — deux hommes penchés — pour emblème ? Il revient. J'ai gardé l'empreinte. Affrontons la double fidélité.

O

Hélas ! oh hélas. Les contours ne s'enferment plus ; les coins se heurtent et les creux tintent le vide : est-ce là le dépositaire choisi ? A-t-il perdu la forme de mon âme ?

Plutôt, est-ce mon âme dont la forme a gauchi ?

MIROIRS

Ts'aï-yu se mire dans l'argent poli afin d'ajuster ses bandeaux noirs et les perles sur ses bandeaux.

Ou si le rouge est trop pâle aux yeux, ou l'huile blanche trop luisante aux joues, le miroir, avec un sourire, l'avertit.

Le Conseiller s'admire dans l'histoire, vase lucide où tout vient s'éclairer : marches des armées, paroles des Sages, troubles des constellations.

Le reflet qu'il en reçoit ordonne sa conduite.

O

Je n'ai point de bandeaux ni perles, et pas d'exploits à accomplir. Pour régler ma vie singulière, je me contemple seul en mon ami quotidien.

Son visage, — mieux qu'argent ou récits antiques, — m'apprend ma vertu d'aujourd'hui.

JADE FAUX

O fourberie d'une amitié parfaite ! Sonorités sournoises d'un double écho de l'un à l'autre cœur !

Nous aimions, nous décidions en la même confiance : l'un à l'autre fidèles en termes plus clairs que le grand ciel sec de l'hiver.

Las ! le mauvais printemps est venu, et le vent trouble et le sable en tourmente jaune. J'avais promis,

Je n'ai pas tenu. L'écho s'étouffe. C'est fini. — Ce jour glorieux d'abandon, ah ! que n'ai-je été dur et sourd sans paroles !

O générosité fourbe, jade faux blessant au cœur plus que l'indifférence au cœur de porcelaine !

DES LOINTAINS

Des lointains, des si lointains j'accours, ami, vers toi, le plus cher. Mes pas ont dépecé l'horrible espace entre nous.

De longtemps nos pensers n'habitaient plus le même instant du monde : les voici à nouveau sous les mêmes influx, pénétrés des mêmes rayons.

O

Tu ne réponds pas. Tu observes. Qu'ai-je déjà commis d'inopportun ? Sommes-nous bien réunis : est-ce bien toi, le plus cher?

Nos yeux se sont manqués. Nos gestes n'ont plus de symétrie. Nous nous épions à la dérobée comme des inconnus ou des chiens qui vont mordre.

Quelque chose nous sépare. Notre vieille amitié se tient entre nous comme un mort étranglé par nous. Nous la portons d'un commun fardeau, lourde et froide.

O

Ha ! Hardiment retuons-là ! Et pour les heures naissantes, prudemment composons une vivace et nouvelle amitié.

Le voulez-vous, ô mon nouvel ami, frère de mon âme future ?

A CELUI-LA

A celui-là qui parvient jusqu'ici malgré les détours et les faux-pas ; au compagnon qui me livre ses yeux, — que livrer en échange de ce compagnonnage ?

Non pas mon dévouement : le Prince est là : je suis tout entier pour le Prince. La servitude glorieuse pèse sur chacun de mes gestes comme le sceau sur l'acte impérial et le tribut.

Non pas ma tendresse et de faibles émois : sachez qu'elle les garde et boit jalousement toutes les fraîches gouttes écloses de mon âme.

Non pas enfin l'ardeur d'une mort filiale : cela ne m'appartient pas car le père de mes jours est vivant.

O

A celui qui me dévisage et m'observe amicalement ; à celui comme une caverne en qui retentit mon aboi,

Je propose ma vie singulière : seule ma vie est à moi. — Qu'il vienne plus avant. Qu'il écoute plus profondément :

Là-même où ni père ni amante ni le Prince lui-même ne pourront accéder jamais.

TRAHISON FIDÈLE

Tu as écrit : « Me voici, fidèle à l'écho de ta voix, taciturne, inexprimé. » Je sais ton âme tendue juste au gré des soies chantantes de mon luth :

C'est pour toi seul que je joue.

Écoute en abandon et le son et l'ombre du son dans la conque de la mer où tout plonge. Ne dis pas qu'il se pourrait qu'un jour tu entendisses moins délicatement !

Ne le dis pas. Car j'affirme alors, détourné de toi, chercher ailleurs qu'en toi-même le répons révélé par toi. Et j'irai, criant aux quatre espaces :

Tu m'as entendu, tu m'as connu, je ne puis pas vivre dans le silence. Même auprès de cet autre que voici, c'est encore,

C'est pour toi seul que je joue.

SANS MÉPRISE

Comme le geste au carrefour accusant la bonne
route, préserve des faux pas et des heurts,
— que ceci, non équivoque, fixe amicalement l'Orient pur.

Empressés autour d'elle, si mes pas ont si vite
accompagné ses pas, — Echangés avec
elle, si mes yeux ont trop souvent cherché le scintillant ou l'ombre de ses yeux,

Si ma main touchant sa main, si tout en moi
rapproché d'elle a parfois composé la
forme du désir implorant,

Ce n'est point, — hélas, et vraiment, — pour
l'amour injurieux et vain de moi vers elle,
mais par respect, par grâce, par amour

De l'amour qui est en elle vers un autre, —
lui.

VAMPIRE

Ami, ami, j'ai couché ton corps dans un cercueil au beau vernis rouge qui m'a coûté beaucoup d'argent ;

J'ai conduit ton âme, par son nom familier, sur la tablette que voici que j'entoure de mes soins;

Mais plus ne dois m'occuper de ta personne : « Traiter ce qui vit comme mort, quelle faute d'humanité!

Traiter ce qui est mort comme vivant, quelle absence de discrétion! Quel risque de former un être équivoque! »

O

Ami, ami, malgré les principes, je ne puis te délaisser. Je formerai donc un être équivoque : ni génie, ni mort ni vivant. Entends-moi :

S'il te plaît de sucer encor la vie au goût sucré, aux âcres épices ;

S'il te plaît de battre des paupières, d'aspirer dans ta poitrine et de frissonner sous ta peau, entends-moi :

Deviens mon Vampire, ami, et chaque nuit, sans trouble et sans hâte, gonfle-toi de la chaude boisson de mon cœur.

東
西

STÈLES ORIENTÉES

LES CINQ RELATIONS

Du Père à son fils, l'affection. Du Prince au sujet, la justice. Du frère cadet à l'aîné, la subordination. D'un ami à son ami, toute la confiance, l'abandon, la similitude.

O

Mais pour elle, — de moi vers elle, — oserai-je dire et observer ! Elle, qui retentit plus que tout ami en moi ; que j'appelle sœur aînée délicieuse ; que je sers comme Princesse, — ô mère de tous les élans de mon âme.

Je lui dois par nature et destinée la stricte relation de distance, d'extrême et de diversité.

POUR LUI COMPLAIRE

A lui complaire j'ai vécu ma vie. Touchant au bout extrême de mes forces, je cherche encore à imaginer quoi pour lui complaire :

Elle aime à déchirer la soie : je lui donnerai cent pieds de tissu sonore. Mais ce cri n'est plus assez neuf.

Elle aime à voir couler le vin et des gens qui s'enivrent : mais le vin n'est pas assez âcre et ces vapeurs ne l'étourdissent plus.

O

Pour lui complaire je tendrai mon âme usée : déchirée, elle crissera sous ses doigts.

Et je répandrai mon sang comme une boisson dans une outre :

Un sourire, alors, sur moi se penchera.

VISAGE DANS LES YEUX

Puisant je ne sais quoi ; au fond de ses yeux jetant le panier tressé de mon désir, je n'ai pas obtenu le jappement de l'eau pure et profonde.

Main sur main, pesant la corde écailleuse, me déchirant les paumes, je n'ai levé pas même une goutte de l'eau pure et profonde :

Ou que le panier fut lâchement tressé, ou la corde brève ; ou s'il n'y avait rien au fond.

O

Inabreuvé, toujours penché, j'ai vu, oh ! soudain, un visage : monstrueux comme chien de Fô au muffle rond aux yeux de boules.

Inabreuvé, je m'en suis allé ; sans colère ni
rancune, mais anxieux de savoir d'où
vient la fausse image et le mensonge :

De ses yeux ? — Des miens ?

ON ME DIT

On me dit : Vous ne devez pas l'épouser. Tous les présages sont d'accord, et néfastes : remarquez bien, dans son nom, l'EAU, jetée au sort, se remplace par le VENT.

Or, le vent renverse, c'est péremptoire. Ne prenez donc pas cette femme. Et puis il y a le commentaire : écoutez : « Il se heurte aux rochers. Il entre dans les ronces. Il se vêt de poil épineux... » et autres gloses qu'il vaut mieux ne pas tirer.

O

Je réponds : Certes, ce sont là présages douteux. Mais ne donnons pas trop d'importance. Et puis, elle est veuve et tout cela regarde le premier mari.

Préparez la chaise pour les noces.

MON AMANTE A LES VERTUS DE L'EAU

Mon amante a les vertus de l'eau : un sourire clair, des gestes coulants, une voix pure et chantant goutte à goutte.

Et quand parfois, — malgré moi — du feu passe dans mon regard, elle sait comment on l'attise en frémissant : eau jetée sur les charbons rouges.

O

Mon eau vive, la voici répandue, toute, sur la terre ! Elle glisse, elle me fuit ; — et j'ai soif, et je cours après elle.

De mes mains je fais une coupe. De mes deux mains je l'étanche avec ivresse, je l'étreins, je la porte à mes lèvres :

Et j'avale une poignée de boue.

PIERRE MUSICALE

Voici le lieu où ils se reconnurent, les amants amoureux de la flûte inégale;

Voici la table où se réjouirent l'époux habile et la fille enivrée;

Voici l'estrade où ils s'aimaient par les tons essentiels,

Au travers du métal des cloches, de la peau dure des silex tintants,

A travers les cheveux du luth, dans la rumeur des tambours, sur le dos du tigre de bois creux,

Parmi l'enchantement des paons au cri clair, des grues à l'appel bref, du phénix au parler inouï.

Voici le faîte du palais sonnant que Mou-Koung, le père, dressa pour eux comme un socle,

Et voilà, — d'un envol plus suave que phénix, oiselles et paons, — voilà l'espace ou ils ont pris essor.

O

Qu'on me touche : toutes ces voix vivent dans ma pierre musicale.

SUPPLIQUE

Tu seras priée de sourires, de regards et de certains abandons, et d'offrandes que tu repousses par principe, jeune fille encore ;

Tu seras implorée de dire quoi tu veux, ce dont tu as soif, les parures à ton gré, — rouges linges nuptiaux, poèmes, chants et sacrifices...

O

Cet homme indigne, — moi, — indigne de mendier, ne supplie de toi que l'apparence, la forme qui te hante, le geste où tu te poses, oiseau dansant.

Ou bien ta voix non modulée, ou bien ce
reflet, bleu dans tes cheveux. Mais ton âme,
lourde dix-mille fois aux yeux du Sage,

Cache bien ton âme au fond d'elle, déconcertante,
Belle jeune fille, tais-toi.

SŒUR ÉQUIVOQUE

De quel nom te désigner, de quelle tendresse? Sœur cadette non choisie, sage complice d'ignorances,

Te dirai-je mon amante ? Non point, tu ne le permettrais pas. Ma parente? Ce lien pouvait exister entre nous. Mon aimée ? Toi ni moi ne savions aimer encore.

O

Sœur équivoque, et de quel sang inconnu ! — Maintenant, sois satisfaite : ni sœur ni amie ni maîtresse ni aimée, chère indécise d'autrefois,

Te voici désormais fixée, dénommée, par coutume et rite et sort, (ayant perdu le nom de ta jeunesse,)

Sois satisfaite : te voici mariée. Tu es emplie de joie permise,
Tu es femme.

STÈLE PROVISOIRE

Ce n'est point dans ta peau de pierre, insensible, que ceci aimerait à pénétrer; ce n'est point vers l'aube fade, informe et crépusculaire, que ceci, laissé libre, voudrait s'orienter;

Ce n'est pas pour un lecteur littéraire, même en faveur d'un calligraphe, que ceci a tant de plaisir à être dit :

Mais pour Elle.

O

Vienne un jour Elle passe par ici. Droite et grande et face à toi, qu'elle lise de ses yeux mouvants et vivants, protégés de cils dont je sais l'ombre;

Qu'elle mesure ces mots avec des lèvres tissées de chair (dont je n'ai pas perdu le goût) avec sa langue nourrie de baisers, avec ses dents dont voici toujours la trace,

Qu'elle tremble à fleur d'haleine, — moisson souple sous le vent tiède, — propageant des seins aux genoux le rythme propre de ses flancs — que je connais,

O

Alors, ce déduit, enjambant l'espace et dansant sur ses cadences ; ce poème, ce don et ce désir, —

Tout d'un coup s'écorchera de ta pierre morte, oh ! précaire et provisoire, — pour s'abandonner à sa vie,

Pour s'en aller vivre autour d'Elle.

ÉLOGE DE LA JEUNE FILLE

Magistrats ! dévouez aux épouses vos arcs triomphaux. Enjambez les routes avec la louange des veuves obstinées. Usez du ciment, du faux marbre et de la boue séchée pour dresser les mérites de ces dames respectables, — c'est votre emploi.

Je garde le mien qui est d'offrir à une autre un léger tribut de paroles, une arche de buée dans les yeux, un palais trouble dansant au son du cœur et de la mer.

O

Ceci est réservé à la seule Jeune Fille. A celle à qui tous les maris du monde sont promis, — mais qui n'en tient pas encore.

A celle dont les cheveux libres tombent en arrière, sans empois, sans fidélité. — et les sourcils ont l'odeur de la mousse.

A celle qui a des seins et n'allaite pas ; un cœur et n'aime pas ; un ventre pour les fécondités, mais décemment demeure stérile.

A celle riche de tout ce qui viendra ; qui va tout choisir, tout recevoir, tout enfanter peut-être.

A celle qui, prête à donner ses lèvres à la tasse des épousailles, tremble un peu, ne sait que dire, consent à boire, — et n'a pas encore bu.

STÈLE AU DÉSIR

La cime haute a défié ton poids. Même si tu ne peux l'atteindre, que le dépit ne t'émeuve : Ne l'as-tu point pesée de ton regard ?

La route souple s'étale sous ta marche. Même si tu n'en comptes point les pas, les ponts, les tours, les étapes, — tu la piétines de ton envie.

La fille pure attire ton amour. Même si tu ne l'as jamais vue nue, sans voix, sans défense, — contemple-la de ton désir.

o

Dresse donc ceci au Désir-Imaginant ; qui, malgré toutes, t'a livré la montagne, plus haut que toi, la route plus loin que toi,

Et couché, qu'elle veuille ou non, la fille pure sous ta bouche.

PAR RESPECT

Par respect de l'indicible, nul ne devra plus divulguer le mot GLOIRE ni commettre le caractère BONHEUR.

Même qu'on les oublie de toutes les mémoires : tels sont les signes que le Prince a choisis pour dénommer son règne,

Qu'ils n'existent plus désormais.

O

Silence, le plus digne hommage ! Quel tumulte d'amour emplit jamais le très profond silence ?

Quel éclat de pinceau oserait donc le geste qu'elle ingénument dessine ?

O

Non ! que son règne en moi soit secret. Que jamais il ne m'advienne. Même que j'oublie : que jamais plus au plus profond de moi n'éclose désormais son nom,

Par respect.

西

面

STÈLES OCCIDENTÉES

LIBATION MONGOLE

C'est ici que nous l'avons pris vivant. Comme il se battait bien nous lui offrîmes du service : il préféra servir son Prince dans la mort.

Nous avons coupé ses jarrets : il agitait les bras pour témoigner son zèle. Nous avons coupé ses bras : il hurlait de dévouement pour Lui.

Nous avons fendu sa bouche d'une oreille à l'autre : il a fait signe, des yeux, qu'il restait toujours fidèle.

O

Ne crevons pas ses yeux comme au lâche ; mais tranchant sa tête avec respect, versons le koumys des braves, et cette libation :

Quand tu renaîtras, Tch'en Houo-chang faisnous l'honneur de renaître chez nous.

ÉCRIT AVEC DU SANG

Nous sommes à bout. Nous avons mangé nos chevaux, nos oiseaux, des rats et des femmes. Et nous avons faim encore.

Les assaillants bouchent les créneaux. Ils sont plus de quatre myriades ; nous, moins de quatre cents.

Nous ne pouvons plus bander l'arc ni crier des injures sur eux ; seulement grincer des mâchoires par envie de les mordre.

O

Nous sommes vraiment à bout. Que l'Empereur, s'il daigne lire ceci de notre sang, n'ait point de reproches pour nos cadavres,

Mais qu'Il n'évoque point nos esprits : nous voulons devenir démons, et de la pire espèce :

Par envie de toujours mordre et de dévorer ces gens-là !

DU BOUT DU SABRE

Nous autres, sur nos chevaux, n'entendons rien aux semailles. Mais toute terre labourable au trot, qui se peut courir dans l'herbe,

Nous l'avons courue.

Nous ne daignons point bâtir murailles ni temples, mais toute ville qui se peut brûler avec ses murs et ses temples,

Nous l'avons brûlée.

Nous honorons précieusement nos femmes qui sont toutes d'un très haut rang. Mais les autres qui se peuvent renverser écarter et prendre,

Nous les avons prises.

Notre sceau est un fer de lance : notre habit de fête une cuirasse où la rosée cristallise : notre soie est tissée de crins. L'autre, plus douce, qui se peut vendre,

Nous l'avons vendue.

O

Sans frontières, parfois sans nom, nous ne régnons pas, nous allons. Mais tout ce que l'on taille et fend, ce que l'on cloue et qu'on divise...

Tout ce qui peut se faire, enfin, du bout du sabre,

Nous l'avons fait.

HYMNE AU DRAGON COUCHÉ

Le Dragon couché : le ciel vide, la terre lourde, les nuées troubles; soleil et lune étouffant leur lumière: le peuple porte le sceau d'un hiver qu'on n'explique pas.

Le Dragon bouge : le brouillard aussitôt crève et le jour croît. Une rosée nourrissante remplit la faim. On s'extasie comme à l'orée d'un printemps inespérable.

Le Dragon s'ébroue et prend son vol : à Lui l'horizon rouge, sa bannière ; le vent en avant-garde et la pluie drue pour escorte. Riez d'espoir sous la crépitation de son fouet lancinant : l'éclair.

O

Hé ! las ! hé, Dragon couché ! Enspiralé ! Héros paresseux qui sommeille en l'un de nous, inconnu, engourdi, irrévélé,

Voici des figues, voici du vin tiède, voici du sang : mange et bois et flaire : nos manches agitées t'appellent à grands coups d'ailes.

Lève-toi, révèle-toi, c'est le temps. D'un seul bond saute hors de nous ; et pour affirmer ton éclat,

Cingle-nous du serpent de ta queue, fais-nous malades au clin de tes petits yeux, mais brille hors de nous, — oh ! brille !

SERMENT SAUVAGE

Tu ne sortiras d'ici que le débat clos entre nous. Vois ces lances, ces os sculptés ; entends ces cris, ces fers choqués ;

Tu me dois ce versant de la montagne, vingt et vingt esclaves jaunes à longue queue et douze femelles de cette espèce chinoise.

Ne compte sur aucun de ton clan pour régler cette affaire : toi ou moi ou tous les deux tués, — cela, je le jure :

Par ces deux grands chiens au poil fauve crucifiés là-bas dos-à-dos !

COURTOISIE

J'accepte donc cet usage après la lutte : Si, vainqueur, tu le cèdes en dignité à ton vaincu, présente-lui la coupe honorifique, (afin de marquer ta victoire décemment.)

Vienne alors la bataille et le coup et le geste après le coup : je promets d'être cérémonieux.

Mais, emplissant la corne de vin tiède, — comme il boira, — je verserai, dans le puits sans fond de mon âme,

Tous les flots doux d'un rire décemment cérémonieux.

ORDRE AU SOLEIL

Mâ, duc de Lou, ne pouvant consommer sa victoire, donna ordre au soleil de remonter jusqu'au sommet du Ciel.

Il le tenait là, fixe, au bout de sa lance : et le jour fut long comme une année et plein d'une ivresse sans nuit.

O

Laisse-moi, ô joie qui déborde, commander à mon soleil et le ramener à mon aube : Que j'épuise ce bonheur d'aujourd'hui !

Las ! il échappe à mon doigt tremblant. Il a peur de toi, ô joie. Il s'enfuit, il se dérobe, un nuage l'étreint et l'avale,

Et dans tout mon cœur il fait nuit.

STÈLES DU BORD DU CHEMIN

7

CONSEILS AU BON VOYAGEUR

Ville au bout de la route et route prolongeant la ville : ne choisis donc pas l'une ou l'autre, mais l'une et l'autre bien alternées.

Montagne encerclant ton regard le rabat et le contient que la plaine ronde libère. Aime à sauter roches et marches; mais caresse les dalles où le pied pose bien à plat.

Repose-toi du son dans le silence, et, du silence, daigne revenir au son. Seul si tu peux, si tu sais être seul, déverse-toi parfois jusqu'à la foule.

Garde bien d'élire un asile. Ne crois pas à la vertu d'une vertu durable : romps-la de quelque forte épice qui brûle et morde et donne un goût même à la fadeur.

Ainsi, sans arrêt ni faux-pas, sans licol et sans étable, sans mérites ni peines, tu parviendras, non point, ami, au marais des joies immortelles,

Mais aux remous pleins d'ivresses du grand fleuve Diversité.

TEMPÊTE SOLIDE

Porte moi sur tes vagues dures, mer figée, mer sans reflux ; tempête solide enfermant le vol des nues et mes espoirs. Et que je fixe en de justes caractères, Montagne, toute la hauteur de ta beauté.

L'œil, précédant le pied sur le sentier oblique te dompte avec peine. Ta peau est rugueuse. Ton air est vaste et descend droit du ciel froid. Derrière la frange visible d'autres sommets élèvent tes passes. Je sais que tu doubles le chemin qu'il faut surmonter. Tu entasses les efforts comme les pélerins les pierres : en hommage :

En hommage à ton altitude, Montagne. Fatigue ma route : qu'elle soit âpre, qu'elle soit dure ; qu'elle aille très haut.

Et, te quittant pour la plaine, que la plaine a de nouveau pour moi de beauté !

ÉLOGE DU JADE

Si le Sage, faisant peu de cas de l'albâtre, vénère le pur Jade onctueux, ce n'est point que l'albâtre soit commun et l'autre rare : Sachez plutôt que le Jade est bon,

Parce qu'il est doux au toucher — mais inflexible. Qu'il est prudent : ses veines sont fines, compactes et solides.

Qu'il est juste puisqu'il a des angles et ne blesse pas. Qu'il est plein d'urbanité quand, pendu de la ceinture il se penche et touche terre.

Qu'il est musical : sa voix s'élève, prolongée jusqu'à la chute brève. Qu'il est sincère, car son éclat n'est pas voilé par ses défauts ni ses défauts par son éclat.

Comme la vertu, dans le Sage, n'a besoin d'aucune parure, le Jade seul peut décemment se présenter seul.

Son éloge est donc l'éloge même de la vertu.

TABLE DE SAGESSE

Pierre cachée dans les broussailles, mangée de limon, profanée de fientes, assaillie par les vers et les mouches, inconnue de ceux qui vont vite, méprisée de qui s'arrête là,

Pierre élevée à l'honneur de ce Modèle des Sages, que le Prince fit chercher partout sur la foi d'un rêve, mais qu'on ne découvrit nulle part

Sauf en ce lieu, séjour des malfaisants : (fils oublieux, sujets rebelles, insulteurs à toute vertu)

Parmi lesquels il habitait modestement afin de mieux cacher la sienne.

TERRE JAUNE

D'autres monts déchirent le Ciel, et pourtant le plus haut qu'ils peuvent les tourments de leurs sommets, laissent couler profondément la vallée.

Ici, la Terre inversée cache au creux des flancs ses crevasses, tapit ses ressauts, étouffe ses pics, — et tout en bas

Les vagues de boue chargées d'or, délitées par les sécheresses, léchées par les pleurs souterrains gardent pour quelque temps la forme des tempêtes.

O

Alors que, supérieure, ignorant les tumultes,
droite comme une table et haute à l'égal
des cimes, — la plaine étendue

Nivèle sa face jaune sous lé Ciel quotidien
des jours qu'elle recueille dans son plat.

LA PASSE

Deux mondes s'abouchent ici. Pour ici monter, quels obstacles ! quelle refoulée des caravanes ! quels gains répétés ! quels espoirs !

M'y voilà, dis-tu ? Souffle. Regarde : à travers l'arche de la Longue-Muraille, toute la Mongolie-aux-herbes déploie son van au bord de l'horizon.

C'est toutes les promesses : la randonnée, la course en plaine, l'ambleur à l'étape infinie, et l'évasement sans bornes, et l'envolée, la dispersion.

O

Tout cela ? Oui. Mais regarde une fois en arrière : l'âpre montée, le rocailleux désir, l'effort allègre et allégeant.

Tu ne le sentiras plus, la Passe franchie. Ceci est vrai.

STÈLE DES PLEURS

Si tu es homme, ne lis pas plus loin : la douleur que je porte est si vaste et grave que ton cœur en étoufferait.

Si tu es Chenn, détourne-toi plus vite encore : l'horreur que je signale te rendrait lourd comme ma pierre.

Si tu es femme, hardiment lis moi pour éclater de rire, et oublie à jamais de t'arrêter de rire,

Mais si tu sers comme eunuque au Palais, affronte moi sans danger ni rancune, et garde le secret que je dis.

LES MAUVAIS ARTISANS

Ce sont, dans les vingt-huit maisons du Ciel ; la Navette étoilée qui jamais n'a tissé de soie ;

Le Taureau constellé, corde au cou, et qui ne peut traîner sa voiture ;

Le Filet myriadaire si bien fait pour coiffer les lièvres et qui n'en prend jamais ;

Le Van qui ne vanne pas ; la Cuiller sans usage même pour mesurer l'huile !

Et le peuple des artisans terrestres accuse les célestes d'imposture et de nullité.

Le poète dit : Ils rayonnent.

STÈLE DU CHEMIN DE L'AME

Une insolite inscription horizontale : huit grands caractères, deux par deux, que l'on doit lire, non pas de la droite vers la gauche, mais à l'encontre, — et ce qui est plus,

Huit grands caractères inversés. Les passants clament : « Ignorance du graveur ! ou bien singularité impie ! » et, sans voir, ils ne s'attardent point.

O

Vous, ô vous, ne traduirez vous pas ? Ces huit grands signes rétrogrades marquent le retour au tombeau et le CHEMIN DE L'AME, — ils ne guident point des pas vivants.

Si, détournés de l'air doux aux poitrines ils s'enfoncent dans la pierre ; si, fuyant la lumière, ils donnent dans la profondeur solide,

C'est, clairement, pour être lus au revers de l'espace, — lieu sans routes où cheminent fixement les yeux du mort.

STÈLES DU MILIEU

PERDRE LE MIDI QUOTIDIEN

Perdre le Midi quotidien ; traverser des cours, des arches, des ponts ; tenter les chemins bifurqués ; m'essouffler aux marches, aux rampes, aux escalades ;

Eviter la stèle précise ; contourner les murs usuels ; trébucher ingénûment parmi ces rochers factices ; sauter ce ravin ; m'attarder en ce jardin ; revenir parfois en arrière,

Et par un lacis réversible égarer enfin le quadruple sens des Points du Ciel.

O

Tout cela, — amis, parents, familiers et femmes, — tout cela, pour tromper aussi vos chères poursuites; pour oublier quel coin de l'horizon carré vous recèle,

Quel sentier vous ramène, quelle amitié vous guide, quelles bontés menacent, quels transports vont éclater.

O

Mais, perçant la porte en forme de cercle parfait ; débouchant ailleurs : (au beau milieu du lac en forme de cercle parfait, cet abri fermé, circulaire, au beau milieu du lac, et de tout,)

Tout confondre, de l'orient d'amour à l'occident héroïque, du midi face au Prince au nord trop amical, — pour atteindre l'autre, le cinquième, centre et Milieu

Qui est moi.

A L'ENVERS

A l'envers du commun des hommes qui,
dans leurs menus souhaits échangent des
« Dix-mille années »,

J'appelle avec vœux la clôture de la Grande
Année du Monde, et qu'il s'endorme vite
dans le chaos sans bonté.

A l'envers de leur nature les êtres alors
agiront : l'eau brûlant, le feu noyant toute
la chose et tout l'esprit.

O

Vienne cette heure renversée, la Douzième :
son moment, qu'il me sera doux !

A l'envers de ma nature les désirs alors agiront :

Peut-être alors me sentirai-je bon parmi les principes à l'envers ?

JOYAU MÉMORIAL

Pour mon service et ma fidélité, voici du Prince, le joyau de Mémoire, perle magique où s'enferme le passé.

Un regard jeté sur elle et tout renaît, tout s'éclaire et se ravive, luisant comme un reflet du jour présent.

Puis-je contenir ma joie ! rallumer les soleils studieux ; ressentir les succès timides : compliments du maître, attente comblée des nominations.

O

Voici donc : — mais cela n'est plus mon passé à moi ! Avais-je oublié cela ? Regardons mieux, fixement, au fond, tout au fond du joyau magique :

Je vois : — je vois un homme épouvanté qui me ressemble et qui me fuit.

AU DÉMON SECRET

Le peuple, sans perplexité, vénère. Il encense, invoque ou répudie. Il donne trois, ou six ou neuf prosternements. Il mesure son respect à la compétence, aux attributs, aux grâces qu'il escompte juste.

Car il sait précisément les goûts du génie de l'âtre ; les dix-huit noms du singe qui donne la pluie ; la cuisson de l'or comestible et du bonheur.

O

De quelles cérémonies l'honorer ce démon que je loge en moi, qui m'entoure et me pénètre ? De quelles cérémonies bienfaisantes ou maléfiques ?

Vais-je agiter mes manches en respect ou brûler des odeurs infectes pour qu'il fuie ?

De quels mots d'injures ou glorieux le traiter dans ma vénération quotidienne : est-il le Conseiller, le Devin, le Persécuteur, le Mauvais ?

Ou bien Père et grand Ami fidèle ?

O

J'ai tenté tout cela et il demeure, le même en sa diversité. — Puisqu'il le faut, ô Sans-figure, ne t'en vas point de moi que tu habites :

Puisque je n'ai pu te chasser ni te haïr, reçois mes honneurs secrets.

LIBÉRATION

On souffre, on s'agite, on se plaint dans mon Empire. Des rumeurs montent à la tête. Le sang, comme un peuple irrité bat le palais de mes enchantements.

La famine est dans mon cœur. La famine dévore mon cœur : des êtres naissent à demi, sans âmes, sans forces, issus d'un trouble sans nom.

Puis on se tait. On attend. Que par un bon vouloir s'abreuvent de nouveau vie et plénitude.

O

Comme le Fils du Ciel visitant ses domaines, et jusqu'au fond des prisons de sécheresse portant lumière et liberté,

Libère en moi-même, ô Prince qui est moi,
tous les beaux prisonniers-désirs aux
geôles arbitraires, et qu'en grâce et retour,

Tombent sur mon Empire les gouttes larges
de la satisfaction.

JUGES SOUTERRAINS

Il y a des juges souterrains. L'assemblée siège dans la nuit pleine ; il faut traverser des roches que les satellites fendent et tomber plus creux que les puits.

Là, toute vie se double et retentit. Que l'Empereur, guerrier malheureux ou mauvais prince, n'y aventure point sa personne :

Le peuple des morts par sa faute militaire l'étranglerait aussitôt.

O

Moi-même, régent maladroit, vivant timide, ne dois sans risque y jeter mon souvenir :

Mes beaux désirs tués pour quelle trop juste cause, — soldats rancuniers et fantômes, — m'assailliraient aussitôt.

RETOMBÉE

Je frappe les dalles. J'en éprouve la solidité. J'en écoute la sonorité. Je me sens ferme et satisfait.

J'embrasse les colonnes. Je mesure leur jet, la portée, le nombre et la plantation. Je me sens clos et satisfait.

Me renversant, cou tendu, nuque douloureuse, je marche du regard sur le parvis inverse et je sens mes épaules riches d'un lourd habit cérémonieux, aux plis carrés, à la forte charpente.

O

Coulant du faîte, paisible horizon terrestre, aux bords du toit mûri comme un manteau des moissons, — voici les Angles, acérés, griffus et cornus.

Ces quatre cornes, qui menacent-elles dans le ciel ? Que découvrent ces quatre doigts aux ongles longs ? Font-ils signe qu'il y a là-haut quelqu'un qui regarde ?

Ce sont les quatre coins de la Tente originale, noués aux quatre liens qui les relèvent, et, livrant avenue, déploient l'ample hospitalité.

O

Liens invisibles que prolonge l'au-delà des nues, où vont-ils se lier eux-mêmes ? A quels piliers du Ciel, à quels poteaux du monde, à quelles hampes dix-mille fois élevées ?

Cet espace, crevé par les pointes, pénétré des neuf firmaments, qui l'entoure et le contient ? Plus loin que les confins il y a l'Extrême, et puis le Grand-Vide, et puis quoi ?

O

Est-ce là l'inquiétude désignée par ces doigts courbés aux ongles longs ? — Mais voici, pas de répons, et pas de signes, et point de haut mystères, et pas même de liens, même invisibles.

Puisque sous chacun des chevrons volants, accusant sa corne, résolvant sa cambrure, j'aperçois le grossier piquet terrestre qui le soutient et qui l'explique.

PRINCE DES JOIES DÉFENDUES

Prince, ô Prince des joies défendues, entendez-vous pas ce qu'on chante autour de vous ? « Les quatre coursiers trottent, les rênes flottent : quitter le mal pour le bien serait un nouveau délice ! »

Prince, ô Prince, votre perte est dénoncée. Songez à l'Empire ! Songez à vous !

O

Le Prince dit : Assez. Mauvais augures ! Je suis à l'Empire ce que le Soleil est au Ciel. Et qui donc s'en irait le dépendre ? Quand il tombera, moi aussi.

Mon trône est plus lourd que les Cinq Monts gardiens : il est couché sur les cinq plaisirs et le sixième. Viennent les hordes : on les réjouira.

L'Empire des joies défendues n'a pas de déclin.

ELOGE & POUVOIR DE L'ABSENCE

Je ne prétends point être là, ni survenir à l'improviste, ni paraître en habits & chair, ni gouverner par le poids visible de ma personne,

Ni répondre aux censeurs, de ma voix ; aux rebelles, d'un œil implacable ; aux ministres fautifs, d'un geste qui suspendrait les têtes à mes ongles.

Je règne par l'étonnant pouvoir de l'absence. Mes deux-cent-soixante-dix palais tramés entre eux de galeries opaques s'emplissent seulement de mes traces alternées.

Et des musiques jouent en l'honneur de mon ombre ; des officiers saluent mon siège vide ; mes femmes apprécient mieux l'honneur des nuits où je ne daigne pas.

Egal aux Génies qu'on ne peut récuser puisqu'invisibles, -- nulle arme ni poison ne saura venir où m'atteindre.

MOMENT

Ce que je sais d'aujourd'hui, en hâte je l'impose à ta surface, pierre plane, étendue visible et présente ;

Ce que je sens, — comme aux entrailles l'étreinte de la chute, — je l'étale sur ta peau, robe de soie fraîche et mouillée ;

Sans autre pli, que la moire de tes veines : sans recul, hors l'écart de mes yeux pour te bien lire ; sans profondeur, hormis l'incuse nécessaire à tes creux.

Qu'ainsi, rejeté de moi, ceci, que je sais d'aujourd'hui, si franc, si fécond et si clair, me toise et m'épaule à jamais sans défaillance.

J'en perdrai la valeur enfouie et le secret,
mais ô toi, tu radieras, mémoire solide,
dur moment pétrifié, gardienne haute

De ceci... Quoi donc était-ce... Déjà dé-
lité, décomposé, déjà bu, cela fermente
sourdement déjà dans mes limons inson-
dables.

CITÉ VIOLETTE INTERDITE

Elle est bâtie à l'image de Pei-king, capitale du Nord, sous un climat chaud à l'extrême ou plus froid que l'extrême froid.

A l'entour, les maisons des marchands, l'hôtellerie ouverte à tout le monde avec ses lits de passage, ses mangeoires et ses fumiers.

En retrait, l'enceinte hautaine, la Conquérante aux âpres remparts, aux redans, aux châteaux d'angles pour mes bons défenseurs.

Au milieu, cette muraille rouge, réservant au petit nombre son carré d'amitié parfaite.

Mais, centrale, souterraine et supérieure, pleine de palais, de lotus, d'eaux-mortes, d'eunuques & de porcelaines, — est ma Cité Violette interdite.

O

Je ne la décris pas ; je ne la livre pas ; j'y accède par des voies inconnues. Unique, unique et solitaire, mâle étrange dans ce troupeau servant, je n'enseigne pas ma retraite : mes amis, si l'un d'eux songeait à l'Empire !

Or, j'ouvrirai la porte et Elle entrera, l'attendue, la toute puissante et la toute inoffensive,

Pour régner, rire et chanter parmi mes palais, mes lotus, mes eaux-mortes, mes eunuques et mes vases,

Pour, — la nuit où elle comprendra, — être doucement poussée dans un puits.

CHAR EMPORTÉ

Que le sage seigneur de Lou dénombre ses chevaux avec orgueil ; ils sont gras et ronds dans la plaine : les uns jaunes, les uns noirs, les autres noir et jaune.

A son gré il les attelle, les accouple, les quadruple et les mène où il veut avec sécurité

O

Je suis mené par mes pensées, cavales sans mors, — une à une, deux à deux, quatre à quatre, tirant mon char incessant.

Belles cavales de toutes les couleurs : celle-ci pourpre et aubère-rose, cette autre noir-pâle avec les sabots cuivrés.

Je ne les touche point. Je ne les conduis pas : la vitesse élancée me détourne de voir avant.

O

Quel éperdu dans ma course à rebours ! Sans lampe ni rênes, roulant d'un fond à l'autre des ténèbres seulement cinglées d'éclats des sabots choqués !

Je sais pourtant les pistes familières, le lieu où la Rouge hennit, où la Maigre bute et se couronne ; la fourche où l'attelage hésite et le mur que tout vient frapper du front.

Sous mes doigts caressant la pierre aimante, fidèle au Midi, je garde le sens de la lumière.

O

Ha ! les foulées doublent et la vitesse et le vent. L'espace fou siffle à ma rencontre ; l'essieu brûle, le timon cabre, les rayons brillent en feu d'étoiles :

Je franchis les Marches d'Empire : je touche aux confins, aux passes ; je roule chez les tributaires inconnus.

Aux coups de reins se marque le relai : la bête qui m'emporte a le galop doux, la peau écailleuse et nacrée, le front aigu, les yeux pleins de ciel et de larmes :

La Licorne me traîne je ne sais plus où. Bramant de vertige, je m'abandonne. Qu'ils descendent au loin sous l'horizon fini les chevaux courts et gras du sage seigneur Mâ, duc de Lou.

NOM CACHÉ

Le véritable Nom n'est pas celui qui dore les portiques, illustre les actes ; ni que le peuple mâche de dépit ;

Le véritable Nom n'est point lu dans le Palais même, ni aux jardins ni aux grottes, mais demeure caché par les eaux sous la voûte de l'aqueduc où je m'abreuve.

Seulement dans la très grande sécheresse, quand l'hiver crépite sans flux, quand les sources, basses à l'extrême, s'encoquillent dans leurs glaces,

Quand le vide est au cœur du souterrain et dans le souterrain du cœur, — où le sang même ne roule plus, — sous la voûte alors accessible se peut recueillir le Nom.

Mais fondent les eaux dures, déborde la vie, vienne le torrent dévastateur plutôt que la Connaissance !

TABLE

STÈLES DU MILIEU.

www.ingramcontent.com/pod-product-compliance
Ingram Content Group UK Ltd.
Pitfield, Milton Keynes, MK11 3LW, UK
UKHW031859260826
14628UKWH00002B/872

9 782329 209494